648
3108

(Par Belmondi, d'après Barbier.)

(Par Belmondi, d'après Barbier.)

FRAGMENS

EXTRAITS DU PORTEFEUILLE

DE

M. CIGOGNE,

SURNUMÉRAIRE, OBSERVATEUR ET COMPILATEUR.

Ier. Formation d'un Budget : Apologue.

IIe. Trait de dévouement d'Urbain BAVARDIER envers Henri IV.

IIIe. Portrait d'Urbain BAVARDIER, Surintendant des Finances.

IVe. Un autre Portrait.

Pour faire Suite à deux *Facéties*, intitulées :
L'une : M. CIGOGNE :

L'autre : NOUVEAUX MOYENS DE PARVENIR ;

Par deux *anonymes inconnus*, Chefs au Ministère des Finances.

PARIS,

CHEZ LES MARCHANDS DE NOUVEAUTÉS.

De l'imprimerie de HOCQUET, rue du Faubourg Montmartre, n° 4.

1819.

FORMATION D'UN BUDGET.

APOLOGUE.

(*Premier Fragment.*)

........*Quæquæ ipse miserrima vidi,*
Et quorum pars... Virg., Œnéid.

ON se fait généralement une haute idée de la profondeur des méditations et de la gravité des travaux préparatoires du Budget : j'ai été plusieurs fois témoin de ces travaux ; j'ai écouté aux portes, et je sais à quoi m'en tenir. Si le lecteur veut me suivre et assister avec moi *à la fabrication* d'un projet de loi de finances, j'ose me flatter d'ajouter beaucoup à l'opinion qu'il s'est faite, et de lui causer une surprise mêlée d'admiration.

Le Chef de division s'entoure de cartons et de registres ; il compulse la volumineuse collection des Budgets et des Comptes des années précédentes ; il consulte les rapports, les notes, les renseignemens recueillis avec le plus grand soin.

Pour les *Dépenses :* plein de soumission envers les Ministres, il porte en ligne de compte la totalité de leurs demandes.

Pour les *Recettes :* il se croit permis de raisonner. Il compare les évaluations et les produits des années précédentes, et il reconnaît une progression constante ; il discute les promesses des administrations, et il demeure convaincu qu'au plus bas, 1814 ou 1819, par exemple, produira beaucoup de millions *de plus* que 1813 ou 1818.

Le Sous-chef appelé est du même avis.

Ensemble ils balancent les recettes et les dépenses : ils reconnaissent un excédant considérable de recettes ; ils en concluent qu'il sera possible de diminuer les impôts, et ils s'en réjouissent ; car beaucoup de Chefs de bureau conservent de l'amour du bien public.

Ils s'applaudissent, ils se félicitent, en se peignant la satisfaction du Ministre appelé le premier à proclamer le soulagement des peuples, à réduire les impôts.

Tout joyeux, le Chef va porter cette heureuse nouvelle à Son Excellence, et le Sous-chef envie son bonheur.

Le portefeuille sous le bras, le Chef court, monte.... ; à peine a-t-il entr'ouvert la porte du cabinet, qu'il proclame le résultat de son travail.

Mais que lui est-il arrivé.....!

Il s'arrête, muet de surprise et de frayeur!... il reste pétrifié..... au beau milieu du cabinet ministériel.

A-t-il aperçu la tête de Méduse ?

Non : mais Son Excellence a froncé le sourcil, et lui a lancé un regard farouche : elle s'adoucit cependant, et lui adresse ces aimables paroles :

« *Mon cher, vous êtes un sot ; avancez : voyons* » *un peu ce beau travail.* »

Déconcerté, le Chef déroule ses tableaux ; Son Excellence impatiente, les lui arrache brusquement. Du premier coup-d'œil elle a jugé qu'*ils n'ont pas le sens commun ;* qu'il faut ôter aux recettes, ajouter aux dépenses : elle s'arme d'une plume ; elle raie, surcharge, retranche ou prodigue les millions au hasard. Mais Son Excellence se perd dans l'addition, et renvoie le Chef à faire recopier et additionner les tableaux.

Bouleversé, confondu et confus, il redescend, et gémit avec le Sous-chef. A eux deux, ils déchiffrent de leur mieux les corrections illisibles de S. E. ; ils adoucissent les irrégularités trop choquantes, et, soit effet du hasard, soit résultat de leurs soins, ils trouvent une balance égale entre les recettes et les dépenses.

Le jour, l'heure du travail sont arrivés. Le Chef tout craintif prend son portefeuille ; le Sous-chef lui souhaite bon voyage, et cette fois n'aspire pas à le remplacer.

Tremblant, il s'approche, et déclare avec timidité qu'il y a *équilibre*.

« *Çà n'est pas çà*, lui crie sous le nez et du plus
» haut de sa tête S. E., *vous n'y entendez rien.* »

Elle sabre, elle abat à droite et à gauche,
elle frappe sur toutes les branches de revenus,
multiplie les *pour mémoire*, et, pour la seconde
fois, renvoie à refaire les additions.

Toutes les observations que le Chef avait prépa-
rées expirent sur ses lèvres; il se tait et se retire.

Cette fois, S. E. sera obéie servilement.

Quand le travail revient, du plus loin que le
Chef paraît.... *Eh bien !*

« *Un déficit de* 48,900,000 , Monseigneur! »

« *Bravo ! mon cher , vous êtes un habile*
» *homme!* » Et dans l'effusion de sa joie, dans un
accès de gaîté, S. E. lui tire l'oreille, lui pince
le bout du nez, et lui promet une gratification,
si le Budget passe sans discussion.

Rassuré par ces gentillesses ministérielles, le
bonhomme de Chef hasarde une légère observation : mais il est rudoyé, poussé par les épaules
vers la porte, avec injonction de coudre à la hâte
quelques lambeaux de discours aux chiffres, et de
faire imprimer, au plus vîte et sans y rien changer, ce beau chef-d'œuvre, pour le présenter demain au Conseil, après - demain aux Chambres.

Cependant tout le bureau est agité : le Chef
honteux se désole avec le Sous-chef ; les Expédi-
tionnaires enragent de tant de corrections et de
copies , et les Surnuméraires haussent les épaules.

Que fera le Conseil ?

Le Conseil ?.... il adoptera ce Budget.

Comment pourrait-il faire autrement ? le Ministre des finances déclare à qui veut l'entendre que ce Budget est le fruit de ses méditations ; qu'il est bien supérieur à tout ce qui s'est fait en ce genre depuis cent ans , et à tout ce qui se fait en aucun pays ; que les financiers *passés* (y compris Sully et Colbert), les financiers *présens* (y compris MM. B.....t, de G...e , G....h, G.....r, de L...s, M.....n R.y), et les financiers *futurs*, ne sont que des imbécilles : il s'irrite à la première observation ; il s'emporte à la lueur d'une critique, et il défie les plus habiles de fabriquer un autre Budget.

Il faudra bien aussi que la Chambre l'accepte... sinon ! ...

Quant aux Contribuables , ils payeront : c'est leur lot.

Et voilà justement comme on fabrique un Budget, et comme on traite les affaires les plus importantes !

Devinez dans quel pays ? Est-ce à Londres, Washingston , Bruxelles , Berlin , Moscow , Vienne , Ispahan , Pékin , Alger ou Maroc ?

> Est-ce chez les Hurons , chez les Topinambous ?
> C'est à Paris. — C'est donc dans l'hôpital des fous ?

—Non, c'est au Louvre, en pleine Académie !

Boileau. Epigr.

Que fera le Chef, l'année prochaine ?

S'il a quelqu'indépendance de caractère et de fortune ; s'il attache quelque prix à la raison et aux bons procédés ; s'il compte pour quelque chose l'estime de soi-même et pour beaucoup celle du public ; s'il place avant tout l'amour de son pays et le dévouement à son Roi, il

Jure, mais un peu tard, qu'on ne l'y prendra plus.

LAFONTAINE, *fable de la Cigogne.*

Il prendra la ferme résolution de ne s'occuper de Finances et de Budget que pour être *vrai* et *sincère*, et pour apporter enfin soulagement aux souffrances des Contribuables : il aura l'indiscrétion d'en faire la dangereuse proposition à Son Excellence, et, s'il n'est pas écouté, il poussera l'audace jusqu'à confier ce criminel aveu au Public, et à lui livrer les plans rebutés par S. E.

Il y a lieu de croire . . . .
. . . . *cœtera desunt.*

(*Le manuscrit n'est pas achevé.*)

UN TRAIT DE DÉVOUEMENT

D'Urbain BAVARDIER, Surintendant des
Finances, envers Henri IV.

(Second Fragment.)

>   . . . . . . *Quæ quæ ipse miserrima . . .*
> *Et quorum* . . . .

En allant d'un bureau et d'une administration
à l'autre, j'observe, je vois, j'entends et j'apprends
beaucoup de choses vieilles et neuves : autant de
fragmens pour mon portefeuille. En courant à
l'Imprimerie royale porter corrections sur corrections, il m'arrive parfois de muser et *bouqui-
ner*. J'ai ainsi rassemblé, à peu de frais, une nom-
breuse collection d'anciens écrits, et sans beaucoup de peine, j'ai acquis une certaine érudition
financière. Dernièrement un gothique et poudreux *bouquin* attira mon attention ; son titre
grotesque, son épigraphe bizarre, sont bien di-
gnes du *seizième* siècle :

Le Flambeau *des Finances* et la Clef *des
Comptes pour découvrir les* Trésors Cachés;
avec cette épigraphe :

> *Tenebræ erant super faciem abyssi :* Gen...
> *Data est ei clavis putei abyssi.* Apoc.
>
> Les ténèbres régnaient sur la surface de l'abîme...
> La Clef du puits de l'abîme lui fut donnée.

En était-il donc alors comme de notre tems?

Ce Livre dévoile bien des mystères. J'y lus l'histoire véritable et le portrait remarquable d'un certain *Urbain* BAVARDIER , Surintendant des finances sous Henri IV.

Avant d'emprunter, au vieux Chroniqueur, le portrait d'*Urbain* BAVARDIER , je vais extraire un trait surprenant, et peu connu , du dévouement de ce fidèle Surintendant envers Henri IV.

C'était en Mars 1575 ou 1595 : l'année est incertaine ; mais ce qui n'est pas douteux, c'était en *Mars* et dans une année *quinze*.

La Ligue , la Révolte menaçantes envahissaient la France. *Mayenne* appelait à lui les Ligueurs ; ils accouraient se ranger sous ses drapeaux ; son armée , se grossissant de défections journalières , avançait à grands pas.

Un peuple innombrable , dévoué , mais impuissant , frémissait de douleur et d'indignation : il présentait ses bras , demandait des Armes et des Chefs?

Des Armes.... ?

Elles étaient réservées pour *Mayenne*......!

Des Chefs.....?

HENRI IV, en ces jours de revers, comptait trop peu d'amis fidèles et courageux.

Le Surintendant d'alors, qu'avec la Chronique , j'appellerai *Urbain* BAVARDIER, avait amasssé une somme immense pour le tems, 7,094,526. 75. 5.

Mayenne n'était plus qu'à quelques journées de la ville qui renfermait ces Trésors.

Un des nombreux *Secrétaires*, dont le nom est resté inconnu, avait profondément réfléchi sur les moyens d'enlever cette somme prodigieuse au Chef de la Ligue, en la conservant au Roi, à la France, aux Créanciers de l'Etat, aux Contribuables, et en la faisant fructifier au centuple pour le Crédit public et pour *la gloire* du Surintendant. Après de longues méditations; après avoir cherché, trouvé, prévu toutes les difficultés ; après avoir résolu dans son esprit toutes les objections, il combine un plan simple, d'une exécution facile et certaine. Il monte chez *Urbain* BAVARDIER, et lui expose le projet, les moyens, les motifs, les résultats.

La proposition était importante : le *Secrétaire* s'exprimait d'un ton grave; il parlait avec chaleur, en homme pénétré de la nécessité et convaincu de la réussite de son plan : BAVARDIER, cette fois, sut écouter jusqu'au bout; loua beaucoup les intentions et le dévouement ; mais essaya de critiquer les moyens d'exécution. Toutes les objections, successivement débattues et réfutées par le *Secrétraire*, furent abandonnées par BAVARDIER, sauf la dernière. La conversation se trouve dans de vieilles Chroniques ; en voici un abrégé, en style moderne, réduit à l'exposition du plan, et à la discussion des objections.

Le Secrétaire. Les Caisses du Trésor renferm
ment des sommes immenses ; dans cinq ou six jours
Mayenne peut entrer en ville ; il est tems de songer
aux moyens de mettre ces fonds à l'abri.

Bavardier. Tranquillisez-vous, *Mayenne* n'arrivera
pas jusqu'ici. Nous ne pourrions emporter
de pareilles sommes en argent ; j'ai fait d'inutiles
recherches pour me procurer de l'or ; sa rareté
est extrême, son prix excessif.

Le Secrétaire. Je sais que même pour emporter
de l'or la marche serait lente, pénible et dangereuse :
il faudrait une multitude de chevaux et de
fourgons, des escortes nombreuses et sûres, etc...
Il ne faut pas d'ailleurs que le Roi, bienfaiteur,
père de ses peuples, ait l'air de leur enlever leur
argent.

Bavardier. Il faudra donc le laisser.

Le Secrétaire. Non : il est un moyen simple,
immanquable de faire disparaître *en vingt-quatre*
heures cet immense trésor ; de tout enlever à
l'*Usurpation*, en n'enlevant rien à la France ; de
faire bénir le Roi, et *applaudir l'habileté et le*
courage de son Ministre.

Bavardier. Je ne vous comprends pas ; expliquez-vous ?

Le Secrétaire. Il existe des Mandats des
Ministres en retard de payement, des Billets
d'Etat, des Obligations, des Bons royaux pour
des sommes à peu près égales aux fonds en

caisse : le discrédit a frappé tous ces effets publics ; ils perdent plus de 25 pour 100 : depuis plusieurs jours le Trésor, au lieu de continuer ses rachats, les a suspendus ; on dirait que l'on craint de toucher à des fonds réservés (1). Je viens proposer à votre Excellence d'offrir à tous les Créanciers le paiement anticipé, immédiat, à volonté, qu'elle leur fait espérer pour un avenir incertain, et qu'elle déclare être à-la-fois la base et le but de son système.

Bavardier, très - vivement. Y songez-vous ils accourraient tous, et nos Caisses se videraient !

Le *Secrétaire.* Dans de telles circonstances, qu'avez-vous besoin d'argent ? quelle plus belle preuve de fidélité et de Crédit que de restituer à l'instant du danger les fonds prêtés par la confiance ?

Si *Mayenne* n'arrive pas, cet acte aura tellement honoré votre administration et votre caractère, qu'on vous priera de reprendre les fonds remboursés. En peu de jours, des sommes plus considérables auront rempli vos caisses.

---

(1) Suspension inexplicable ! il est de fait que du 10 au 20 mars 1595, les rachats de Billets d'État ont été suspendus. La preuve en est imprimée, ainsi que plusieurs autres preuves.

Ce fut une violation manifeste des promesses faites au public : il en est résulté qu'à raison de 200 mille francs par jour, deux millions *de moins* ont été restitués aux Créanciers de l'État, et que deux millions *de plus* sont tombés entre les mains de *Mayenne*. Sont-ce donc là des ctes de fidélité et de crédit ?

Mais si *Mayenne* arrive, il trouve les caisses vides !

Quel honneur, quelle gloire, pour le Surintendant des finances ! Par cet acte de justice envers les Créanciers, par cet acte de dévouement, vous rendez à votre Roi malheureux, à la Monarchie ébranlée, à la France envahie, et même à la rue *Quincampoix* reconnaissante, le plus éminent service. Par ce trait historique, unique dans nos annales, vous inscrivez au premier rang votre nom dans les archives de la fidélité; vous....

Bavardier, interrompant et souriant ironiquement. Comme vous vous échauffez ! vos beaux sentimens et vos belles phrases vous empêchent de voir qu'il y a impossibilité d'exécution. Nos Créanciers sont peut-être au nombre de *dix mille !* ils accourraient tous : ils s'écraseraient aux portes du Trésor. Il faudrait quinze jours d'ordre et de tranquillité pour opérer ce remboursement.

Le Secrétaire. Dix mille ! le nombre est exagéré; mais je le suppose double. Chargez les principaux Banquiers, Notaires et Agens de change d'appeler à eux leurs Clients : ils compteront chacun avec 50, 60 ou 100 personnes au plus, et le Trésor avec 200 individus seulement. Tout se fera avec ordre, facilité et célérité. Ce sera pour le Trésor et pour chaque Banquier, Notaire et Agent de change, l'affaire de quelques heures.

Bavardier. Très-bien, très-bien! Mais *Mayenne* n'arrivera pas, je le répète. Il faut garder notre argent pour le repousser : d'ailleurs, appeler au remboursement, ce serait proclamer le désespoir de la cause royale et abandonner la partie.

Le Secrétaire. Aussi je ne vous propose pas d'ordonner cela dès aujourd'hui ; mais de reprendre immédiatement *les rachats* : la foi promise l'exige ; et si vous ne voulez pas les augmenter, arrêtez le principe du remboursement, faites - en préparer l'exécution dans le secret ; vous l'ordonnerez quand *Mayenne* ne sera plus qu'à une ou deux journées de marche. S'il vous faut un homme sûr et expérimenté, je me dévoue. Je ne demande que *vingt-quatre heures et dix lieues d'avance sur Mayenne* : vous devez me connaître ; je suis homme de tête et de résolution ; je ne quitterai que lorsque le *dernier Créancier* aura été remboursé avec le *dernier écu.*

Bavardier. Comme vous êtes ardent et imprudent ! Mais calmez-vous : je vous en réponds, *Mayenne* n'arrivera pas. Je vous quitte, il faut que j'aille au Louvre.

Le Secrétaire se retire en branlant la tête ; mais chaque jour, la gazette à la main, il se présente au Surintendant pour lui remettre sous les yeux, et son plan, et les progrès de *Mayenne :* chaque jour il reçoit cette froide réponse :

Mayenne n'arrivera pas ; ou : *il n'est pas encore temps.*

Le *cinquième* jour, lorsque le Surintendant faisait ses préparatifs et touchait sa gratification de départ, l'obstiné Secrétaire vint reproduire son plan.

Il n'est plus tems ; nous ne serions pas obéi , lui dit *Bavardier.*

On est toujours obéi quand on veut payer ses dettes et donner de l'argent, répondit le Secrétaire ; *il y a encore dix lieues et vingt-quatre heures de distance , et je réponds de l'exécution.*

Laissez-moi ! laissez-moi ! furent les dernières paroles du Surintendant.

Que des Guerriers, fatigués du repos , courent en aveugles se rallier à l'étendard du Général qui long-temps les conduisit à la victoire ; ils violent leurs devoirs de Sujets , mais ils ne manquent pas à la reconnaissance : ils sont entraînés par d'imposans souvenirs , par les erreurs de leur siècle , par les préjugés de leur profession ; ils combattent Henri IV huguenot , ou Louis pacifique. Dans la lutte , ils n'apportent que leurs bras , et ils exposent leur tête : l'honneur les suit sur les champs de bataille , et en France , au milieu des guerres civiles , il habite à la fois les deux camps opposés. L'oubli, le pardon , sont dûs à des Français égarés , et ils peuvent mériter la confiance de lenr Monarque en se ralliant autour de son trône.

Mais quel fatal oubli, quelle funeste négligence, quelle pusillanimité ou quelle perfidie livrèrent à *Mayenne* d'immenses trésors ? lui fournirent de quoi lever, équiper, solder une armée toute entière ? De quelle nature furent les torts d'*Urbain Bavardier* ?... quelles furent ses desseins ?..

La vétusté du Recueil ne permet pas de lire le reste. L'humidité a détruit, ou les rats ont rongé les sévères réflexions du vieux Chroniqueur.

On distingue de nombreuses traces des mots cowardise... manque de vergogne.... traistreusté....

Violente douleur... regrets éternels... désespoir... du *Secrétaire* inconsolable...

Il serait possible que le *Chroniqueur* ne fut autre que le *Secrétaire*, car j'ai déchiffré cette phrase :
« *Tant que* BAVARDIER *a été écarté des affaires,*
» *j'ai du me taire ; il ne pouvait nuire : maintenant*
» *il y a danger... car...* (encore une lacune)... *parler*
» *est un devoir...* »

Nous venons de lire le récit de l'un des faits et gestes d'*Urbain* BAVARDIER ; voyons maintenant le portrait de ce *grand homme.*

PORTRAIT

D'URBAIN BAVARDIER,

SURINTENDANT DES FINANCES AU XVIe. SIÈCLE.

(*Troisième Fragment.*)

Ignotos fallit, notis est derisui. PHÆD. Fab.

Tout, jusqu'au nom, dans ce portrait est caractéristique et historique. Je vais le *transcrire* sans rien changer au style gothique et naïf du vieux Chroniqueur.

Une copie doit être fidèle ; il ne faut pas ôter à un auteur sa physionomie, même pour l'adoucir. Notre vieil auteur appelle les choses par leur nom ; on trouve à chaque ligne de ces mots expressifs qui ont vieilli, et sont passés de mode en même tems que la franchise et la vérité; de ces termes énergiques qu'il n'est plus permis d'écrire ni de prononcer, parce que trop de gens crieraient à la personnalité. Il faut lire ce morceau comme on lit les vieux auteurs, en excusant leur rudesse, eu égard à leur âge. Cet avis est pour les BAVARDIERS modernes, s'il y en a, et pour leurs amis, s'ils en ont.

» *Sous un si beau règne, ce fut certes grandement dom-*
» *mage que les affaires des finances et les deniers publics*
» *fussent remis ès-mains du sieur* Urbain *BAVARDIER,*
» *pour lors Sur-intendant des-dites finances.* »

» *Icelui étoit un mesquin personnage, parlant sans cesse à*
» *tort et à travers, ains en l'Assemblée des Etats, car, quoi-*
» *que tonsuré, il bredouilloit, faisoit le bouffon, ou restoit*
» *court dans la Chaire. Sous Mayenne, ce dont il tint tou-*
» *jours fort, il avoit fait sa fortune par la langue et par la*
» *plume, et néant-moins parloit et écrivoit si maladroitement*
» *qu'il ne savoit coudre ensemble deux phrases correctes en*
» *notre langue maternelle, ni en autres; et peignoit si piètre*
» *caractère, qu'eussiez eu besoin d'un déchiffreur pour lire,*
» *voir et comprendre ce qu'il avoit barbouillé sur le papier,*
» *dont souvent mal entendu et bévue advint ès - affaires:*
» *mais ce fut encore là la moindre de ses défectuosités.*»

« *Urbain, tout plein qu'il étoit d'astuce et de sagacité en son*
» *esprit, n'avoit aucun entendement des bons et loyaux prin-*
» *cipes d'économie générale, et véritables intérêts de notre*
» *grand Royaume. Il suivoit en toutes choses, ainsi qu'une*
» *mazette, certaine allure, ne faisant le moindrement atten-*
» *tion au changement de l'Etat, et variations naturelles*
» *des affaires, ignorant surtout jusqu'à l'A, B, C des*
» *besoins, nécessités et douloirs des campagnes ; mais avoit*
» *appris par mémoire, une douzaine ou deux de phrases*
» *et d'apophtegmes des anciens financiers, qu'aucuns nom-*
» *ment lieux communs, et alors que veniez deviser avec*
» *lui sur aucuns objets de finances, vous jettoit pareilles ra-*
» *vauderies à la barbe, sans vous ouïr, ni faire atten-*
» *tion à vos paroles; ensorte que n'en eussiez sçu tirer le*
» *moindre raisonnement sensé sur les plus petites choses qui*
» *concernoient son propre emploi; ce dont les sots pires*
» *que lui furent fort émerveillés ; mais par quoi les clair-*
» *voyants s'aperçurent très-bien que* BAVARDIER *étoit un*
» *mince docteur en son métier* (1). »

---

(1) Traduction élégante, quoiqu'un peu longue, de l'épigraphe:
Ignotos fallit, notis est derisui.

» *Il avoit en outre le cœur plus mal bâti encore que*
» *l'esprit. Notre grand Roi* HENRI *eut par accoutumance*
» *de dire :* Qu'il ne vouloit prendre trève ni repos, que
» chaque Paysan de son Royaume ne put mettre une
» poule à son pot à tous les dimanches; *ce qui, en vérité,*
» *étoit un mot tout d'or dans la bouche d'un Roi, mais*
» *son Sur-intendant, vrai bélistre en ce point, comme*
» *en beaucoup d'autres, soûloit dire à aucuns de ses sup-*
» *pots :* que lui ne vouloit avoir cesse jusqu'à ce qu'il put
» réduire les bons Bourgeois du Royaume au point de
» porter sarreaux de toile et sabots. »

« *Aussi cherchoit il toujours à mettre grande mesqui-*
» *nerie en tout le fait de la finance et à rendre le Roi*
» *avare et lézineux, par espécial au regard de ses loyaux*
» *serviteurs et de tous les gens de guerre; ne sachant faire*
» *à propos une belle et utile dépense ; parquoi griefs, mé-*
» *contentements advinrent, qui favorisèrent* Mayenne : *vrai*
» *Grapillard, et non un habile Intendant qu'il étoit ; et*
» *en vérité ne sçauroit-on comprendre comme quoi un si*
» *sage et si docte Roi, tel qu'étoit le Roi* HENRI *, ait laissé*
» *cheminer si longuement un si mauvais personnage en*
» *pareille carrière, et faire cette charge si importante pour*
» *les Peuples; d'autant qu'*Urbain BAYARDIER *ne pouvoit*
» *avoir seduit sa bienveillance par son boute-dehors, le-*
» *quel étoit fort rude, et ayant jusqu'aux manières et à*
» *l'accoustrement l'air d'un Butor* . . . . » .

Je ne puis copier davantage; le Chroniqueur
est par trop naïf. Ceux qui douteraient de l'au-
thenticité de la citation, et qui seraient curieux
de la vérifier, peuvent consulter les Mémoires et
Recueils de pièces concernant la Ligue.

Cet antique tableau est si vigoureusement
peint, qu'il a conservé tout son coloris, et

semble n'avoir pas vieilli. Mais quel est l'original de ce portrait?

On cherche inutilement le nom d'*Urbain* BAVARDIER dans la liste des Surintendans des finances d'Henri IV, et comme le portrait ne peut convenir à Sully, il faut bien le rapporter au Marquis de Maillebois, *François* D'O, son prédécesseur. Il paraît qu'au *seizième* siècle, où l'on était privé de la liberté de la presse, les écrivains en étaient quittes pour taire ou changer les noms des Charlatans qu'ils voulaient démasquer, et le lecteur disait tout bas : *Mutato nomine de te fabula narratur.*

La conjecture que le Surintendant D'O est peint sous le nom d'*Urbain* BAVARDIER, se change en certitude , si l'on consulte les *OEconomies royales*, vulgairement appelées les *Mémoires de* SULLY , dans lesquels D'O est peint fréquemment des mêmes couleurs. Sully (1) l'accuse plusieurs

(1) Les *Mémoires de Sully* , in-4°. et in-8°. , soi-disant mis en ordre, complettés et traduits en *beau* français, par l'Abbé de l'Écluse , ne sont qu'une contre-épreuve , pâle et décolorée , surtout relativement aux finances. Pour connaître Henri IV et Sully , les finances et les financiers de leur tems , il faut avoir la patience de lire l'édition originale in-4°. , commencée à Rosny , sous les yeux de Sully , et dont un exemplaire vient d'être enfermé dans le cheval de la statue de Henri IV. Parmi beaucoup de redites et de fatras , elle renferme un grand nombre de lettres de Henri IV, et des traits curieux , supprimés ou défigurés par l'Abbé de l'Écluse ; il a surtout mutilé ce qui regarde les finances ; il semble n'y avoir rien compris. L'édition originale est fort rare ; mais il y a plusieurs éditions et contre-façons pareilles , faites en

fois d'avoir trahi Henri IV, fait manquer ses opérations militaires, et jusqu'au service de sa maison, tandis que les Caisses regorgeaient, et qu'il procurait d'énormes profits aux Traitans.

Qui a pu oublier cette naïve et touchante peinture d'Henri IV, ayant son pourpoint percé aux coudes, et allant dîner chez ses officiers, parce que, disait-il, *sa marmite était renversée* faute d'argent, pendant que D'O et les Traitans faisaient bombance. Mais Sully était évidemment un envieux, un ambitieux, un homme à préjugé, quoique huguenot, et un *ultra* royaliste qui n'entendait pas raison sur la fidélité et le dévouement à Henri IV, sur la probité et l'amour de son pays.

Il est évident que Sully et ses Secrétaires, qui ont écrit ses *mémoires* sous sa dictée, ont calomnié le très-fidèle Surintendant D'O (1).

Hollande, in-12 et in-18, dont une par les Elzevirs, sous le même titre : *OEconomies royales d'estat, politiques, domestiques et militaire de* Henri *le Grand*, etc.

(1) Des Compilateurs ont pris *Urbain* Bavardier pour un être réel, sans trop savoir où le placer. Leur erreur et leur incertitude sont fort excusables; ce portrait ressemble à tant de gens, qu'il peut occuper plusieurs places dans la galerie des Surintendans des finances.

D'autres ont prétendu que, sous le nom d'*Urbain* Bavardier, le Chroniqueur avait voulu désigner Sully, qui avait peu d'urbanité, parlait beaucoup et écrivait mal. La postérité ne l'a pas reconnu dans ce portrait : et, en nous étonnant de l'audace des écrivains qui osent s'attaquer aux grands hommes, remarquons qu'alors leurs coups ne portent pas. La rouille ne prend pas sur l'or, mais les acides dissolvent la feraille.

UN AUTRE PORTRAIT.

Par M. V. MASSON.

(*Quatrième fragment.*)

Ignotos fallit, notis est derisui. PHÆD. FAB.

Dans un recoin tout poudreux de ma bibliothèque, je retrouve une brochure sur les finances (1), publiée en mars 1816, par un Chef des finances, au talent duquel ceux mêmes qu'il critiqua rendirent justice ; car quelle justice plus éclatante que d'appeler un ancien adversaire à son secours. Cet écrit fut justement remarqué. L'auteur montra, choses rares en finances, de l'esprit, du style et même du courage ; car il y a du courage à décocher un trait au *lion endormi.*

On doit cependant lui reprocher d'avoir exagéré ses critiques contre le Crédit public, qu'il traite de *niaiserie emphatique,* et qu'il assimile *au péché mortel.* Il pousse aussi trop loin ses attaques contre les *Créditistes,* qu'il déclare des *pécheurs,* non pas *pécheurs en eau trouble,* ce qui pourrait avoir quelque verité, mais *pécheurs impénitens et endurcis.*

---

(1) Considérations sur la nature, les bases et l'usage du Crédit public, particulièrement en ce qui concerne les Finances de la France, par M. VICTOR MASSON.

Chez *Egron* Imprimeur, et *Delaunay* Libraire. Mars 1816.

Il faut lui pardonner : il était alors , nous dit-il , *victime obscure de quelques petits blasphêmes témérairement proférés contre le Crédit*. Mais il professa à l'égard des Contribuables des sentimens et des principes dans lesquels, sans doute , il a persévéré , et qui ne peuvent qu'honorer son caractère , comme la manière dont il les exprima honore son talent. Deux tableaux surtout méritent d'être distingués et conservés.

Que la modestie de cet auteur me pardonne mes éloges ; il a été plus avare de complimens envers plusieurs de mes Chefs ou Amis , et il n'a pas choisi ses citations avec autant de bienveillance.

Je copie , je retranche , mais je ne change ni n'ajoute un seul mot.

Il s'indignait *des affligeans sacrifices que l'on imposait à la France en* 1814 : mais laissons parles son éloquente et vertueuse indignation.

« Lorsque nous remarquions les rigueurs exercées envers des millions de Contribuables , déjà appauvris par les ravages de la guerre ; lorsque nous rencontrions dans notre département les garnisaires parcourant les campagnes dévastées , et recueillant quelques centimes additionnels , dont le dégrèvement avait été promis... enfin, lorsque, peu de jours après , de retour à Paris , nous y voyons les fruits accumulés de ces collectes impolitiques autant qu'impitoyables , être portés à la Bourse , *pour y soutenir le cours des obligations* , notre humanité n'était pas moins révoltée que notre raison de cette étrange manière d'administrer. Nous la trouvions d'autant plus étrange, que le caractère du Gouvernement était alors la modération, la patience, la philantropie et une indulgence peut-être excessive. Quel contraste avec les rigueurs de la finance!...

» Mais il fallait, à tout prix, construire *au dieu du Crédit* un temple immense, au milieu duquel devait s'élever, en or massif, une statue colossale (1). Qu'importaient alors et la dévastation encore flagrante de nos campagnes, et le deuil de nos villes?...

» La raison veut que le pain de douleur, qui passe des mains du peuple dans les monceaux du Fisc, soit scrupuleusement pesé.... Les Caisses se remplirent....... par un recouvrement plus sévère des Contributions, et par l'ajournement de plusieurs dépenses sacrées.... Cette sage administration procura bientôt à celui qui la dirigeait, le spectacle ravissant d'un encombrement inouï d'espèces métalliques dans les Caisses.... Aussi les journaux proclamèrent-ils alors le nombre des millions dont le Trésor était rempli. Ils ne tarissaient pas sur les louanges du Mi-

---

(1) Sur le piedestal de cette statue on devait graver ces vers, que j'ai lus sur un buste de LAW :

Law, consommé dans l'art de régir la finance,
Trouve l'art d'enrichir les Sujets et le Roi.

Très-mauvaise traduction de ces deux vers latins, un peu meilleurs :

*Ǽraque tractandi summâ perfectus in arte,
Et Regem et Populum divitem utrumque facit.*

L'application eût été fort heureuse. Aux deux époques les *promesses* et le début furent les mêmes, les talens seuls différèrent : différence toute à l'avantage des temps *anciens*, dira l'un, en citant les *Œuvres de Law;* différence toute à l'avantage du tems *moderne*, diront les autres, en citant les Procès-verbaux de la Chambre, les journaux, etc., car

Jamais Surintendant ne *manqua* de FLATTEURS,
Jamais Surintendant ne *manqua* de FAISEURS.

BOILEAU, *avec variantes.*

nistre incomparable. Ces louanges, il est vrai, furent peu répétés dans les provinces. Mais de quoi se mêlaient les provinces ? On ne leur demandait pas leurs suffrages. L'essentiel était que Paris tressaillît de joie, la Cour d'étonnement, le Ministre d'orgueil ; et surtout que...

» Cette suite de prodigalités et d'exactions, de parcimonies dangereuses et de stériles entassemens d'or ; cette foule d'autres opérations calamiteuses... que couvrait grossièrement le voile de la fidélité... étaient d'énormes pierres jetées dans les fondations d'un monument fantastique, bien moins consacré peut-être à la prospérité d'un Gouvernement, qu'à la vanité d'un homme.... »

Suit une très-belle comparaison : *Un grand Capitaine que possède le démon de la guerre, foule à ses pieds des monceaux de cadavres....* Puis l'auteur reprend :

« Ne découvrez-vous pas dans cette peinture ébauchée l'image fidèle de notre Ministre des finances de 1814, qui, possédé du démon du crédit, courait en fougueux à sa poursuite, foulant aux pieds les contribuables, l'armée, le clergé, les communes ; en un mot, immolant *tous les intérêts*, hormis ceux des créanciers, parce qu'ils étaient les siens . . . .

» Entre les sujets d'affliction, qui se multiplièrent au moment de cette dernière catastrophe (20 mars 1815), on ne doit pas omettre le funeste abandon de 70,945,267 fr. 55 c. (Compte de 1815, page 35, état. O.) qui avaient été accumulés dans les Caisses du Trésor... Ce sont encore là des holocaustes offerts sur l'autel d'airain... »

Après avoir peint de ces couleurs rembrunies l'Administration de 1814, M. V. Masson trace cet autre *Portrait*.

« Nous terminerons par une hypothèse qui *ressemble* à un *Apologue* et qui rendra peut-être nos idées plus sensibles. Supposez, dirons-nous au lecteur, que vous héritez d'une immense succession ;..... vous prenez un nouvel *Inten-dant*. Celui-ci, trouvant à solder des mémoires de Sel-liers, d'Apothicaires et d'Architectes ;...... ces Messieurs avaient enflé leurs factures ;...... vous désirez qu'il termine promptement ;..... mais vaine espérance ! M. votre Inten-dant se trouve avoir, par malheur, une secrète infirmité. La puissance de l'intérêt composé, les facultés génératrices du crédit, le sol placé à intérêt depuis la naissance de Jé-sus-Christ, et d'autres prodiges du même genre, qui, dès sa jeunesse, avaient excité son admiration et captivé toutes ses pensées, ont fini par produire, à ce qu'il paraît, dans son cerveau, cette sorte d'altération que le docteur Gall attribue au développement excessif de l'un des organes à l'exclusion des autres, et dont il désigne les effets par le mot d'*idée-fixe*.

Votre Intendant semble donc en proie à l'idée fixe du crédit ; la joie qu'il éprouve en se voyant à la tête des affaires d'une grande maison, porte ce mal à son pa-roxisme. Il appelle d'abord à lui quelques commis intelli-gens destinés à le seconder, et tâche de leur communiquer l'espèce de fièvre agréable dont il est lui-même saisi. Si son magnétisme n'opère pas avec un succès général ; si quel-que esprit déjà formé oppose des dispositions répulsives, le malheureux Intendant entre dans un état convulsif ; il crie et s'agite comme un démon qui serait poursuivi par des exorcismes. Si, au contraire, tous les esprits entrent par-faitement *en rapport*, alors il éprouve un bien-être déli-cieux ; son visage s'épanouit, son corps se rassied ; il épan-che sa joie en gestes caressans, ses paroles coulent suaves, flatteuses, persuasives, et surtout abondantes...... Il fait appeller les principaux d'entre vos créanciers.

« Messieurs, leur dit-il , . . . il faut qu'on sache que nous
» avons beaucoup d'honneur et peu d'argent ; c'est pour-
» quoi nous voulons payer autant et plus que nous ne
» devons...... Je le vois , Messieurs , ce langage vous
» étonne. Mais j'ai à cœur , avant tout , de me procurer
» votre bienveillance ; vous êtes les échos de la renommée,
» vous fréquentez les marchés , vous donnez à dîner aux
» Charrons, aux Peintres, aux Epiciers... Je vous saurai
» gré de leur parler de moi et de la marche toute nouvelle
» que vont prendre les affaires de cette maison...... »

«Ce discours fut long; cependant il n'ennuya ni le Sellier,
ni l'Apothicaire, ni l'Architecte. Chacun d'eux écoutait
encore la bouche ouverte , lorsqu'ils virent se fermer les
yeux de l'*Intendant*, qui succombait enfin à la dépense de
paroles qu'il avait faite dans cette journée. Ils se retirèrent
sans bruit, et le lendemain répandirent dans la ville les
projets merveilleux dont ils avaient ouï l'exposition. La
chose fit grand bruit chez tous les gens qui font des affaires
avec votre maison ; ils se réunirent en foule dans leur lieu
habituel de rendez-vous, entre deux et cinq heures , et là
ils bénirent, d'une commune voix , la bonté du ciel qui vous
avait fait jeter les yeux sur un homme d'affaires aussi pro-
pice aux faiseurs de mémoires.

« Mais que fait celui-ci dans cet intervalle. . . Il envoie
des collecteurs chez vos fermiers; il réduit de moitié le traitement de vos gardes-chasses. Il fait main basse sur des fonds
que vos baillis tenaient en réserve pour indemniser de pau-
vres paysans ruinés dans la dernière année , qui avait été
très-mauvaise ! il fait de grandes économies sur l'entretien
de vos chemins vicinaux ; enfin il suspend le traitement de
votre aumônier et des chapelains de vos terres. . . . . . Au
bout de très-peu de temps... l'*Intendant*, sourd *à la criail-
lerie*... court... et rachète. . .

» Mais s'il y a des accomodemens même *avec le ciel*, jugez s'il doit y en avoir avec la conscience d'un *Intendant......* »

L'Auteur ne dit pas quel est l'original de ce portrait, et je l'ignore. Quoiqu'il soit de 220 ans postérieur à celui d'*Urbain Bavardier*, il a des traits de ressemblance tels que l'on les croirait de la même famille. Cela m'a déterminé à les placer en regard dans ma galerie. On dirait que les deux originaux ont porté chappe ensemble. Ces deux tableaux doivent faire pendans. Si l'on en désire un troisième, pour le placer entre deux, on peut prendre celui de l'*Abbé Terray*, tracé par M. de Monthion dans ses *Particularités et Observations sur les Ministres des finances.*

C'est dans l'écrit même qu'il faut lire le portrait entier de l'*Intendant*. J'ai dû supprimer et adoucir plusieurs traits. Je n'ai voulu qu'exciter la curiosité à rechercher et à se procurer cette brochure remarquable. On dit qu'elle est devenue fort rare ; mais sans doute l'auteur s'occupe d'en faire une seconde édition ; elle ne peut venir plus à-propos, et il pourra y ajouter plusieurs chapitres.

Incessamment quelques autres FRAGMENS , tels que :

V^e. Désorganisation et Destruction de la *Caisse de service* établie par Colbert. (Extrait des Mémoires du temps).

VIe. Manigance des *Obligations, Bons royaux* et *Billets d'Etat* en 1714, par Desmarets, Contrôleur-général des finances; et vains efforts de Mallet, premier Commis des finances, pour amener son Excellence à des plans plus raisonnables. (Extrait des Comptes rendus, et autres Mémoires de Mallet, 1 vol. in-4°.)

VIIe. Envahissement du Trésor royal et des Finances par le *désordre* et l'*Agiotage* en 1719, sous Law, contrôleur-général des finances, ou *le Triomphe de la rue Quincampoix*. (Extrait de l'histoire du Système, 6 vol. in-12.)

VIIIe. Les *Misissipiens*, ou profits, fortunes, terres, châteaux, gagnés dans les spéculations sur les Actions et Obligations hypothéquées sur les bois et les forêts du Misissipi. (Extrait de l'Histoire du Visa, 4 vol. in-12.)

IXe. Refus, résistances, lenteurs et autres fautes faites par l'abbé Terray dans l'*exécution des traités de paix*, et leurs conséquences déplorables et irréparables. (Extrait des Mémoires dits de l'Abbé Terray, 1 vol. in-12.) Les mauvais plaisans du temps l'appelaient : *l'abbé Taré*.

X[e]. *Budgets manqués* et *refaits; réputation usur-*

pée; erreurs dans les calculs, gaucheries et mala-
dresses, pour ne rien dire de plus, de M. Necker
dans ses relations avec l'Assemblée constituante.
(Extrait des Comptes de M. Necker, de ses ou-
vrages, de ceux de M. de Calonne, et de dix vo-
lumes de pamphlets pour et contre.)

XIe. Ouverture de l'Emprunt, ou les Sous-
cripteurs, en 1818.

XIIe. Distribution de l'Emprunt, ou les *Favo-
ris de la fortune.*
(Ces X[e]. et XIe. *Fragmens* forment les chapitres II et III de *Très-humbles Remontrances* sur
les Emprunts, adressées au Ministre des finances
le 15 juin 1818, par *Isaac Grosjean*, garçon de
caisse réformé : manuscrit inédit.)

XIIIe. *Tentations irrésistibles* pour les Compta-
bles et les Administrateurs; abus, dommages, et
dangers des fonds accumulés en caisse.

XIVe. Les *arrières-Pensées* des Petits-Grands-
Livres, ou les conjectures et craintes d'un Pro-
vincial aussi financier, et plus clairvoyant que
beaucoup d'autres.

XVe. Les Empiétemens des *Broussailles* sur
les Forêts, ou les inquiétudes d'un Garde fores-
tier qui en a vu plus d'une en fait de ventes de
Bois.

XVIe, XVIIe, XVIIIe... *Fragmens*, etc.. etc.. etc..

Le Portefeuille du Surnuméraire est inépuisable. Chaque jour augmente sa riche collection d'anecdotes et de fautes financières , vieilles et neuves, de traits sérieux et plaisans, et d'opuscules graves et bouffons.

Les quatre premiers Fragmens sont donnés pour échantillons.

CIGOGNE ,

Surnuméraire au Ministère des Finances.

9 782014 077292